ウォンバットとふねのいえ

作：ルース・パーク　訳：加島 葵

朔北社

THE MUDDLE-HEADED WOMBAT ON THE RIVER
by Ruth Park
Illustrations by Noela Young

もくじ

表紙画　木村光宏
挿し絵　ノエラ・ヤング

1　ふとっちょフレッドとちびっこチップ

ウォンバットと、ねずみのマウスと、ねこのタビーは、大《だい》のなかよしです。三人《さんにん》が住《す》んでいるビッグブッシュの小《ちい》さな家《いえ》では、毎日《まいにち》、いろいろなことが起《お》こります。

今日《きょう》も、ちょっとまのぬけたウォンバットが、自転車《じてんしゃ》が見《み》つからなくて、大《おお》さわぎをしています。げんかんにもありません。作業小屋《さぎょうごや》にもありません。だれかに、かしてあげたわけでもありません。いったい、自転車《じてんしゃ》はどこへ行《い》ってしまったのでしょう。

「そうだ、親友《しんゆう》のタビーなら、きっと知《し》ってるよ。だって、タビーは、すごーくすごーく頭《あたま》のいいねこだもん」

すぐに、ウォンバットは、どたどたと走《はし》って、タビーに聞《き》きに行《い》きました。

そのころ、家《いえ》では、タビーが、がさごそ音《おと》を立《た》てて、内《うち》がわに真《ま》っ赤《か》なビニールをはった小《ちい》さなつり用《よう》のバスケットの中《なか》に入《はい》ろうと、がんばっていました。上品《じょうひん》でかっこいいタビーさまには、このバスケットがぴったりだ、すばらしいベッドになるぞ、と思《おも》ったからです。でも、何回《なんかい》やっても、うまく入《はい》れません。体《からだ》のどこかが、どうしても、はみ出《だ》してしまいます。さいしょは、長《なが》いはい色《いろ》のしっぽがはみ出《だ》しました。つぎは、細《ほそ》い足《あし》がはみ出《だ》しました。今度《こんど》は、とがった白《しろ》いあごがはみ出《だ》しました。ほんとうにむずかしくて、タビーは、とうとう、かんしゃくを起《お》こしてしまいました。

そばで、マウスが、心配《しんぱい》そうに見《み》ています。

「さっきからいってるでしょ、タビー。それは、あなたには小《ちい》さすぎるわ。つり用《よう》のバスケットは、つり糸《いと》や重《おも》りを入《い》れるもので、ねこが入《はい》るものじゃないのよ」

タビーは、マウスをにらみつけました。そして、バスケットの中《なか》できゅうくつそうに丸《まる》くなると、ねむったふりをしました。ちょうどそこへ、ウォンバットがやって来《き》ました。

「タビー、きみがいて、よかった！　ねえ、ぼくの自転車《じてんしゃ》、どこ？　教《おし》

えてよ」

ウォンバットは、バスケットを、とんとたたきました。やさしくたたいたつもりだったのに、タビーが、まるでびっくり箱《ばこ》のねこのように、ぴょんととび出《だ》しました。でも、いつものタビーなら、すばやく立《た》ち上《あ》がってウォンバットをひっかくはずなのに、今日《きょう》はちがいました。ゆかに横《よこ》になったまま、小《ちい》さな声《こえ》で悲《かな》しそうに何《なに》かつぶやいています。ウォンバットはびっくりしました。

「ごめんね、タビー。こんなひどい目《め》にあわせるつもりじゃなかったんだ。ほんとにほんとだよ」ウォンバットがいいました。

でも、マウスは、首《くび》を横《よこ》にふっていいました。

「あなたが悪《わる》いんじゃないわ、ウォンバット。タビーは、病気《びょうき》かもしれない。このあいだからずっと、いつもの元気《げんき》なタビーとはちがうんだもの」

「ほんとにそうだね、マウス。タビーは、このごろ、すごーくすごーく、きげんが悪《わる》いよね。さあ、タビー、舌《した》を出《だ》してごらん。病気《びょうき》かどうか、見《み》てあげるから」ウォンバットがいいました。

でも、タビーは、口《くち》を開《あ》けようとはしません。まるで、口《くち》にかぎがかかっているようです。

「ほらね、やっぱり、いうことを聞《き》かないよ」ウォンバットはがっかりしました。「せっかく助《たす》けてあげようとしてるのに、ひどいよね！　ねえ、マウス、ぼく、タビーの上《うえ》にどすんと乗《の》っちゃおうか。タビーがいうことを聞《き》かないときは、どすんと乗《の》るのが、すごーくすごーくいいんだよ」

それを聞《き》いたタビーは、あわてて口《くち》を開《あ》けて、なき声《ごえ》でいいました。

「なぜだかわからないけど、このごろ、何《なに》もかも、ちっともおもしろくないんだ。ねえ、マウス、かわいいねこのぼくに、いったい何《なに》が起《お》きたんだろう？」

マウスにはわかっていました。「タビー、何《なに》か楽《たの》しいことをしなくちゃ。そうだわ、どこかへ遊《あそ》びに行《い》きましょう」

マウスのことばを聞《き》いたとたん、タビーもウォンバットも、かしこいマウスのいうとおりだと思《おも》いました。ウォンバットは大《おお》よろこびです。でも、いつものように、さか立《だ》ちをして短《みじか》い足《あし》をばたばたさせています。でも、タビーは、みんなで遊《あそ》びに行《い》くお金《かね》なんかないよ、といいました。

「だいじょうぶ！　みんな、今《いま》すぐ、ちょきん箱《ばこ》を開《あ》けてみましょうよ」マウスが、元気《げんき》よくいいました。

でも、タビーがいったとおりでした。マウスのちょきん箱《ばこ》には、三《さん》セントしかありません。タビーのちょきん箱《ばこ》には、五《ご》セント、そして、ウオンバットのちょきん箱《ばこ》には、ボタンが一《ひと》つとさくらんぼのたねが二《に》、三《さん》こ、入《はい》っているだけでした。

タビーは、なきだしたいのを、ぐっとがまんしています。マウスが、タビーの手《て》をやさしくなでていいました。

「ねえ、タビー、みんなで遊《あそ》びには行《い》けないけど、わたしたち、あなたのすきなことを、何《なん》でもしてあげるわ。あっちでゆっくり休《やす》んでて。あたたかい湯《ゆ》たんぽとさけのサンドイッチを持《も》っていってあげるから。それに、新《あたら》しい本《ほん》も読《よ》んであげる。『ジェニファー・マウスのぼうけん』ていうの。わくわくするお話《はなし》よ、タビー！」

「ありがとう、マウス。でも、えんりょするよ。ぼく、元気《げんき》いっぱいのねずみがたくさん出《で》てくるお話《はなし》を聞《き》くほど、元気《げんき》じゃないんだ」タビーは、ため息《いき》をつきました。

それればかりではありません。魚《さかな》が大《だい》すきなはずのタビーが、さけのサンドイッチをのこしてしまいました。

「うわーっ！　タビーは、きっと、病気《びょうき》だ。ほんとにほんとだよ！」ウォンバットがさけびました。

「しずかにして、ウォンバット。かわいそうなタビーを遊《あそ》びにつれていってあげるにはどうしたらいいか、今《いま》から、ふたりで考《かんが》えましょう」マウスが、きっぱりといいました。

ウォンバットは、しずかにしようと思《おも》いました。でも、しずかにしているのは、たいへんです。なんだか、むずむずしてきます。そのうち、足《あし》のつめまで、むずむずしてきました。おまけに、マウスには、いい考《かんが》えがうかばないようです。ため息《いき》をついたり、ひげを引《ひ》っぱったりして

います。

「ぼく、いいことを思《おも》いついたんだけど。でも、これじゃ、ちょっと、だめかなあ」ウォンバットが、おそるおそるいいました。

マウスは、ウォンバットの考《かんが》えを聞《き》きたいと思《おも》いました。

ウォンバットの考《かんが》えは、こうでした。ビッグブッシュの近《ちか》くに住《す》んでいる人間《にんげん》の家《いえ》に行《い》って、ふたりで何《なに》か仕事《しごと》をさせてもらえないかたのんでみよう、というのです。

「ぼく、しばふをかれるよ。それに、フェンスのペンキもぬれるし」ウォンバットがいいました。

「わたしは、草取《くさと》りをするわ！」マウスも、わくわくしてきました。

「ぼく、赤《あか》ちゃんのおもりもできるよ。男《おとこ》の子《こ》でも、女《おんな》の子《こ》でも、だいじょうぶ。ぼく、おもりって、すごーくすごーくとくいなんだ！」

マウスはこうふんして、鼻《はな》が、こいピンク色《いろ》になりました。でも、すぐに、もとにもどりました。

「だけど、きっと、だめよ、ウォンバット。人間《にんげん》の家《いえ》の草取《くさと》りをしてるねずみなんて、見《み》たことある？　しばふをかってるウォンバットなんて、ほんとに見《み》たことある？　だれも、わたしたちに、仕事《しごと》なんかさせてくれないわ！　どうしよう、こまったわ！」

とつぜん、マウスのめがねが、きらりと光《ひか》りました。「そうだわ、わたしたち、ねずみやウォンバットじゃなくなればいいのよ、そうでしょ、ウォンバット？　へんそうするのよ！　ぼろぼろの服《ふく》を着《き》たびんぼうな人《ひと》になって、仕事《しごと》をさがしてるふりをするの。そうすれば、親切《しんせつ》な人間《にんげん》たちが、きっと仕事《しごと》をさせてくれるわ！」

なんていい考《かんが》えでしょう！　タビーは、ねむっています。今《いま》なら、マウスとウォンバットは、タビーに気《き》づかれずに、へんそうすることができます。ウォンバットは、古《ふる》い上着《うわぎ》を後《うし》ろ前《まえ》に着《き》て、くつひものとれたぶかぶかのくつをはきました。いつもの麦《むぎ》わらぼうしはやめて、代《か》わりに、小《ちい》さいころクリスマスにもらったカウボーイハットをかぶりました。カウボーイハットは、今《いま》は、つぶれてぺしゃんこです。

マウスは、白《しろ》いこなを体《からだ》じゅうにふりかけました。パッパッ、パッパッ！　こなまみれでみすぼらしいすがたになりました。あなだらけのぼろぼろの服《ふく》を着《き》て、ふっくらとしたほおをへこませると、とてもやせて、おなかがすいているように見《み》えます。ウォンバットもほおをへこませようとしましたが、太《ふと》っているので、うまくいきませんでした。

ウォンバットはふとっちょフレッド、マウスはちびっこチップ、ということにしました。

でも、ふたりは、少《すこ》し心配《しんぱい》になりました。人間《にんげん》にすぐ見《み》やぶられたら、どうしよう！

「人間《にんげん》たちに『ほら、あのマウスを見《み》て！　こそこそと、びんぼう人《にん》のふりをしてるわ』なんていわれたら、とってもはずかしいわ、ウォンバット！」

そのとき、マウスは、いいことを思《おも》いつきました。タビーでためしてみることにしたのです。自分《じぶん》たちの家《いえ》のげんかんで、仕事《しごと》をさせてほしいとたのんでみて、もしタビーがふとっちょフレッドとちびっこチップが自分《じぶん》の親友《しんゆう》だと気《き》づかなければ、心配《しんぱい》ありません。ほかのだれにも見《み》やぶられないでしょう。

タビーは、げんかんの前《まえ》にみすぼらしいこじきがふたりいるのを見《み》て、とてもおどろきました。

「ぼくがちょうど家《いえ》にいるときで、運《うん》がよかったね！　ぼくは、とっても気前《きまえ》がいいし、親切《しんせつ》なんだ。たった五《ご》セントしか持《も》ってないけど、全部《ぜんぶ》あげるよ。ぼろを着《き》たこじきなんて、ほんとにかわいそうだからね」

「いいえ、お金《かね》はいりません。

わたしたちは、仕事《しごと》がしたいだけです、親切《しんせつ》でかっこいいねこさん」マウスは、あわてていいました。

そのとたん、タビーは、マウスの鼻《はな》とウォンバットのひげに気《き》がつきました。タビーは、ふたりは自分《じぶん》をだましているんだ、と思《おも》いました。なんてひどいことをするんだ！　病気《びょうき》のタビーさまをだますなんて！

「そうだ、このふたりに、頭《あたま》の

いいねこがどういうものか、ちょっと教《おし》えてやろう」おこったタビーは決心《けっしん》しました。

タビーは、いかにもやさしそうに、にっこりわらっていいました。

「もちろん、仕事《しごと》をあげるよ！　それに、仕事《しごと》が終《お》わったら、おいしいおかゆをごちそうしてあげよう。かたまりだらけのおかゆをね」

ウォンバットは、おかしくておかしくて、ふきだしそうでした。まるで、むねの中《なか》で、はちがぶんぶんとび回《まわ》っているようです。でも、おかゆと聞《き》いたとたん、がっかりして、もんくをいいたくなりました。何《なに》がきらいって、ウォンバットは、おかゆほどきらいなものはありません。

「あのとき、やっぱり、タビーの上《うえ》にどすんと乗《の》っちゃえばよかったんだ」ウォンバットは、マウスにぶつぶついいました。でも、マウスは、何《なに》もいうひまがありませんでした。あっという間《ま》に、いろいろなことが起《お》こったのです。タビーが、つぎからつぎへと、仕事《しごと》をいいつけます。

「台所《だいどころ》をそうじして！　まどをふいて、かいだんをみがいて、庭《にわ》に水《みず》をまいて！　早《はや》くするんだ、早《はや》く！　おい、きみ、ちびっこチップ、それにしても、小《ちい》さいなあ。まあ、ぼくたちだって、みんながりっぱなねこってわけじゃないけどね。そうだ、きみだって、スプーンをみがいたり、時計《とけい》に油《あぶら》をさしたりはできるね。それに、ぼくの耳《みみ》そうじもできる」

ちびっこチップは、この小《ちい》さな体《からだ》で、そんなにいっぱい仕事《しごと》をするのは、とてもむりだと思《おも》いました。なみだが、こなだらけの鼻《はな》の上《うえ》を転《ころ》がり落《お》ちました。そのなみだを見《み》て、ウォンバットは、おそろしいうなり声《ごえ》を上《あ》げました。マウスは、ウォンバットが大声《おおごえ》を出《だ》してくれて、ほっとしました。そして、全部《ぜんぶ》、はくじょうしました。でも、タビーは、え

らそうに、ひげをひねりながらいいました。
「はじめから、知《し》ってたよ。ひどいことをするきみたちをこらしめたかったのさ。きみたち、はずかしいと思《おも》わないのか！病気《びょうき》の親友《しんゆう》をだますなんて！」
でも、マウスが、みんなで遊《あそ》びに行《い》くための計画《けいかく》だったとせつめいすると、タビーは、わざといじわるをしてごめんね、とあやまりました。そして、こん

なにやさしい友《とも》だちがふたりもいるなんてうれしいよ、病気《びょうき》が少《すこ》しなおってきたようだ、といいました。
「わたしたちのすばらしい計画《けいかく》は、うまくいきそうもないわねえ」マウスは、悲《かな》しそうにいいました。「人間《にんげん》は、わたしたちがただのねずみとウォンバットだって、すぐにわかるわ。仕事《しごと》は、きっと、何《なに》ももらえないわ。ああ、どうしたらいいかし

ら」

　そのとき、ゆうびん屋《や》さんの口《くち》ぶえが聞《き》こえました。ゆうびん屋《や》さんは、タビーあての手紙《てがみ》を持《も》ってきました。タビーは元気《げんき》が出《で》て、ひげはぴんと立《た》ち、目《め》はきらきらと緑色《みどりいろ》にかがやきました。

「ばんざーい！　ボブおじさんからだ！」

　タビーは、マウスとウォンバットに、ボブおじさんの話《はなし》をしました。

「しっぽの短《みじか》いボブおじさんは、お金持《かねも》ちで、スポーツマンなんだ。スポーツカーとひこうきと高速《こうそく》モーターボートが大《だい》すきで、いつも、あちこち、びゅんびゅんとび回《まわ》ってるんだよ」

「おじさんのしっぽ、ほんとにほんとに短《みじか》いの？」ウォンバットが、熱心《ねっしん》に聞《き》きました。「だれが切《き》っちゃったの？　だれかが、木《き》のえだみたいに、ぽきんとおっちゃったの？　すごーくすごーくひどいよね。ぼく

は、ねこのしっぽなんか、ぜったい、おらないよ。ウォンバットって、そんなひどいことする動物《どうぶつ》じゃないんだ」

「しずかにして！」マウスがいいました。マウスは、手紙《てがみ》の中身《なかみ》が知《し》りたくてたまりません。タビーのひげを見《み》れば、うれしい知《し》らせだとわかります。

そのとおりでした。手紙《てがみ》

には、「タビー、元気《げんき》ですか。ビンダリー川《がわ》にとめてあるわたしのハウスボートのようすを、見《み》に行《い》ってください。わたしがむかえに行《い》くまでずっと、友《とも》だちといっしょに、その船《ふね》でくらしていいですよ」と書《か》いてありました。

「まあ、タビー！」マウスがさけびました。「よかったわね。まるで魔《ま》法《ほう》みたい！　これで、あなたも元気《げんき》になるわ」

それから、三人《さんにん》は、しばらくのあいだ、この思《おも》いがけないプレゼントのことを考《かんが》えて、うっとりしていました。みんなでハウスボートに行《い》って、くらすことができるのです。マウスはタビーの世話《せわ》をして、ウォンバットはマウスの世話《せわ》をするでしょう。タビーも、すぐに元気《げんき》になって、きげんがよくなるでしょう。

2 魔法《まほう》のビーチパラソル

こうして、タビーとマウスとウォンバットは、ビンダリー川《がわ》のハウスボートに行《い》くことになりました。

「ハウスボートって、どんなものかなあ」ウォンバットがつぶやきました。

「ねえ、マウス、教《おし》えてくれない?」

そこで、マウスは、ハウスボートの絵《え》をかきました。さいしょに、いかだをかきました。いかだの上《うえ》に、家《いえ》をかきました。家《いえ》には、がんじょうなドアとまどがついていて、屋根《やね》は、ノアの箱舟《はこぶね》のように急《きゅう》なけいしゃになっています。いかだは、川《かわ》の岸《きし》にロープでつながれていることもあるし、長《なが》いくさりの先《さき》につけたいかりを川《かわ》のそこに下《お》ろして、動《うご》かないようにしてあることもあるのよ、とマウスはせつめいしました。

「ぼく、こんなにすごーくすごーくわくわくするもの、見《み》たことないよ、マウス！」ウォンバットがさけびました。マウスだって、同《おな》じです。ハウスボートは、小《ちい》さくて、いごこちよさそうで、マウスが住《す》むのにぴったりです。

タビーは、地図《ちず》をかいています。まず、ビッグブッシュをかきました。ここに、三人《さんにん》の住《す》んでいる家《いえ》があります。家《いえ》からはなれた所《ところ》に、広《ひろ》いしつげんとすいれんのぬまをかきました。そこは、野《の》がもがとんでい

く場所《ばしょ》です。ウォンバットやねこやねずみは、めったに行《い》きません。すいれんのぬまからはたくさんの小川《おがわ》が流《なが》れ出《だ》して、ビンダリー川《がわ》にそそいでいます。そして、ビンダリー川《がわ》はしおからい海《うみ》につづいている、とタビーは思《おも》っています。

「まあ、タビー、とっても遠《とお》いのね！　わたしたち、どうやって行《い》ったらいいの？」マウスがいいました。

「何《なに》もかも、頭《あたま》のいいタビーさまにまかせなさい！」タビーがいいました。「ウォンバットの自転車《じてんしゃ》で行《い》くのさ。ビニールボートも持《も》っていって、ぬまをこいでわたれば、川《かわ》に着《つ》くさ」

これを聞《き》いて、ウォンバットは、とつぜん、自転車《じてんしゃ》をおいた場所《ばしょ》を思《おも》い出《だ》しました。すぐに、大《おお》よろこびでかん声《せい》をあげながら、自転車《じてんしゃ》を取《と》りに走《はし》っていきました。ところが、自転車《じてんしゃ》は、雨《あめ》の中《なか》に放《ほう》ってあったので、車輪《しゃりん》がさびています。動《うご》かすたびに、キーキー音《おと》を立《た》てます。タイヤはぺしゃんこで、それに、かたほうは車輪《しゃりん》から外《はず》れています。マウスはなきたくなりました。

ウォンバットは、ぼうしを引《ひ》っぱり下《お》ろして、顔《かお》をかくしてしまいま

した。もう、タビーをハウスボートにつれていってあげることはできません。みんな、自分《じぶん》のせいです。

タビーが何《なに》もいわないので、ウオンバットは、タビーに悪《わる》いなあと思《おも》う気持《きも》ちがますます強《つよ》くなりました。マウスは、とてもがっかりして、力《ちから》がぬけてしまいました。

「ハウスボートにも、ふつうの船《ふね》みたいに、作《つく》りつけのベッドがあるかなって、楽《たの》しみにしてたのに。それに、とってもとっても小《ちい》さい、ようせいが使《つか》うようなランプもね」マウスはつぶやきました。

でも、かしこいマウスは、いつまでもくよくよしているのはやめよう、と思《おも》いました。ビンダリー川《がわ》は、ビッグブッシュから歩《ある》いていくには、遠《とお》すぎます。作《つく》りつけのベッドとようせいのランプのあるハウスボートに行《い》きたいと思《おも》っても、もう、行《い》けないのです。

「そうだ、元気《げんき》の出《で》ることを思《おも》いついたわ。小川《おがわ》にピクニックに行《い》きましょう！」マウスはいいました。

マウスは、だまって、バスケットにいろいろなものをつめ始《はじ》めました。ピクニック用《よう》の大《おお》きなバスケットです。力持《ちからも》ちのウォンバットは、これを持《も》っていくのが大《だい》すきです。マウスは、役《やく》に立《た》つものをたくさん入《い》れました。食《た》べ物《もの》、あたたかいカーディガン、つりざお、くるくるとまいてあるビニールボート、それに『ジェニファー・マウスのぼうけん』の本《ほん》も入《い》れました。

「さあ、行《い》きましょう！」マウスはいいました。

ウォンバットが、バスケットと大《おお》きなビーチパラソルを持《も》ちました。ビーチパラソルのへりについている赤《あか》いポンポンかざりが、目《め》の前《まえ》でゆれています。ウォンバットは、ほかにすることがないので、ポンポンを一《ひと》つ、かじり取《と》ってみました。さくらんぼに毛《け》が生《は》えたようないやな感《かん》じで、少《すこ》しもおいしくありません。でも、ウォンバットは、ぼそぼそと食《た》べつづけました。小川《おがわ》に着《つ》くころには、ポンポンかざりは、一《いち》れつ分《ぶん》が全部《ぜんぶ》なくなっていました。

マウスは、そんなウォンバットに思《おも》いきりかみついてやりたいと思《おも》いました。ふきげんな夕ビーと、ポンポンかざりを食《た》べてしまうようなウ

オンバットといっしょでは、もんくもいいたくなります。でも、マウスは、しっかりと口《くち》をしめて、ひとことももんくをいいませんでした。ウォンバットは、ビーチパラソルの取《と》っ手《て》を川岸《かわぎし》のすなにうめ、その上《うえ》に大《おお》きな石《いし》をのせて動《うご》かないようにしました。それから、また、ぼうしを引《ひ》っぱり下《お》ろして、顔《かお》をかくしてしまいました。

「さあ、ビニールボートに乗《の》って、小川《おがわ》で遊《あそ》びましょう！」マウスがさけびました。

ところが、ビニールボートのせんがありません。これでは、ビニールボートをふくらませることができません。ちょうどそのとき、雨《あめ》まじりの強《つよ》い風《かぜ》がふき始《はじ》めました。

「あーあ、なんてことだ！」

タビーが、ぶつぶついいま

した。「マウスときたら、こんな寒《さむ》い雨《あめ》の日《ひ》に、か弱《よわ》いタビーさまを外《そと》につれ出《だ》したんだよ。かぜを引《ひ》いちゃうじゃないか」

そういわれても、マウスはまけていません。「雨《あめ》でも、おもしろいわよ！　ビーチパラソルの中《なか》に入《はい》って、ままごとか何《なに》か、しましょうよ」

三人《さんにん》は、ビーチパラソルの中《なか》で、おしあいへしあいになりました。ウオンバットがうなりました。

「タビーのほねが、ぼくのむねにつきささるよう！　やせっぽちのがりがりタビー、いたいよ！　ひじをどけてって、タビーにいってよ、マウス」

「もんく、いわないで！」マウスが、かん高《だか》い声《こえ》でいいました。「ロビンソン・クルーソーとフライデーが小《ちい》さなテントに入《はい》っているつもりになるのよ」

「ウォンバットは、やぎになればいい」タビーが、くすくすわらいました。

ウォンバットがおこって大《おお》きなうなり声《ごえ》を出《だ》すと、タビーは、ピクニックのバスケットにとびこんで、ケーキのかげにかくれました。ビーチパラソルの下《した》で楽《たの》しく遊《あそ》ぶのは、むりのようです。マウスは、しっぽの先《さき》で、なみだをこっそりふきました。風《かぜ》がふいて、大《おお》つぶの雨《あめ》もふっています。小川《おがわ》は、しずかに悲《かな》しそうな音《おと》を立《た》てています。

「こんなにすごーくすごーくひどいピクニックなんて、はじめてだ」ウォンバットがいいました。「ぼく、もう、家《いえ》に帰《かえ》る！」

ウォンバットが急《きゅう》に立《た》ち上《あ》がったので、頭《あたま》がビーチパラソルのほねにぶつかりました。そのはずみで、取《と》っ手《て》の上《うえ》にのせてあった大《おお》きな石《いし》が外《はず》れてしまいました。その後《あと》は、何《なに》もかも、あっという間《ま》のできごとで

した。
風《かぜ》がビーチパラソルをふき上《あ》げました。ビーチパラソルの取《と》っ手《て》に、バスケットの持《も》ち手《て》が引《ひ》っかかりました。バスケットが、ふわりとうき上《あ》がりました。

ウォンバットとマウスは、あわてて、バスケットの中《なか》にとびこみました。親友《しんゆう》のタビーがひとりぼっちでとんでいってしまったらたいへんだ、と思《おも》ったのです。バスケットは、ウォンバットが乗《の》っているがわにかたむいています。ウォンバットが重《おも》いからです。おまけに、タビーが、ウォンバットのカーディガンにつめを食《く》いこませて、しがみついていま

す。ウォンバットのあごの下《した》には、ふわふわした毛《け》の玉《たま》のようなマウスがしがみついています。

「ぼくたち、空《そら》をとんでるの？　ほんとにほんとなの？　魔法《まほう》みたい！」ウォンバットはこうふんしています。バスケットは、はい色《いろ》の雨《あめ》の中《なか》を、どんどん上《あ》がっていきます。とつぜん、あたり一面《いちめん》、まぶしい日《ひ》の光《ひかり》でいっぱいになりました。ビーチパラソルは、みんなの上《うえ》に、赤《あか》い大《おお》きなきのこのように広《ひろ》がっています。マウスは、めがねについた雨《あめ》のしずくをふき取《と》りました。それから、ウォンバットの毛《け》にしっかりつかまって、用心《ようじん》しながら、バスケットのふちから下《した》を見《み》ました。

「うわあ！　見《み》て、見《み》て、タビー！　見《み》て、見《み》て、ウォンバット！　ジェニファー・マウスのぼうけんより、ずっとすばらしいわ！」

タビーは、見《み》たくないと思《おも》いました。でも、ねこって、知《し》りたがり屋《や》

なのです。タビーも、バスケットのふちから、こわごわのぞいてみました。

ビッグブッシュにふっている雨《あめ》が、銀色《ぎんいろ》のナイロン糸《いと》のように見《み》えます。三人《さんにん》の家《いえ》の屋根《やね》も、フェンスも、門《もん》も見《み》えます。小川《おがわ》は、まるでリボンのようにくねくねと流《なが》れています。何《なに》もかも、みるみる小《ちい》さくなっていきます。

「ついらくしちゃう！」タビー

が、なき声《ごえ》を上《あ》げました。

「ぜったい、だいじょうぶだよ」ウォンバットがいいました。「タビーがいっしょだなんて、ぼくたち、すごーくすごーく運《うん》がいいよね。だって、きみは頭《あたま》がいいから、バスケットをそうじゅうできるもん」

タビーは、こういわれて、とてもうれしくなりました。「でも、どこに行《い》けばいいんだい？」

「ボブおじさんのハウスボートだよ。決《き》まってるよ」ウォンバットはいいました。

ちょうどそのとき、せの高《たか》いユーカリの木《き》が、すぐ下《した》に近《ちか》づいてきました。葉《は》っぱがバスケットの下《した》をこすりそうです。それは、コアラおばさんのユーカリの木《き》でした。おばさんは、たったひとりで、木《き》の上《うえ》の家《いえ》に住《す》んでいます。

「コアラおばさーん、出《で》てきて、見《み》てちょうだい！」マウスがさけびました。

「ほら、ぼくは空《そら》とぶねこだよ！」タビーも、こわがっていたことなんかすっかりわすれて、大声《おおごえ》でよびかけます。だれかに見《み》てもらえると思《おも》うと、うれしくてたまりません。

コアラおばさんが、のそのそと出《で》てきました。おばさんは、みんなが乗《の》ったバスケットが、自分《じぶん》の木《き》のまわりをゆらゆらとんでいるのを見《み》て、ひどくはらを立《た》てました。そして、手《て》に持《も》っていたスポンジケーキを、ウォンバットめがけて投《な》げつけました。

ケーキがバスケットの中《なか》にとびこむと、バスケットは少《すこ》し下《さ》がりました。おばさんのスポンジケーキは、かたくて石《いし》のように重《おも》いのです。でも、ウォンバットは大《おお》よろこびです。

「ケーキをくれるなんて、コアラおばさんは、ほんとに親切《しんせつ》だよね」ウォンバットがいいました。

あたたかい空気《くうき》が、ビッグブッシュから上《あが》ってきました。ぬれた葉《は》っぱからは、水《すい》じょうきが出《で》ています。暗《くら》い谷間《たにま》から、きりがけむりのように広《ひろ》がっています。赤《あか》いビーチパラソルは、ますます高《たか》く上《あ》がっていきました。ずっと上《うえ》の方《ほう》のよく晴《は》れた空《そら》には、あざみのわた毛《げ》のような雲《くも》がうかんでいます。

タビーは、今《いま》はもう、少《すこ》しもこわくありません。ビーチパラソルはビンダリー川《がわ》の方《ほう》へ向《む》かっているにちがいない、と思《おも》いました。

「ほら、すいれんのぬまが見《み》えてきた」タビーがいいました。

下《した》の方《ほう》に、明《あか》るい茶色《ちゃいろ》のぬまの水《みず》や、あざやかな緑色《みどりいろ》の草《くさ》やあしが、パッチワークのように見《み》えてきました。まるで、ようせいの国《くに》のようです。曲《ま》がりくねった木《き》や、かえるが住《す》んでいる深《ふか》い池《いけ》も見《み》えます。もちろん、こんな高《たか》いところからは、かえるは見《み》えません。たくさんの小川《おがわ》が、ぬまから流《なが》れ出《で》て、ビンダリー川《がわ》にそそいでいます。

川《かわ》の先《さき》には、まるで世界全体《せかいぜんたい》かと思《おも》うほど広《ひろ》くて大《おお》きなものが、きらきらかがやいています。海《うみ》です！

でも、タビーもマウスもウォンバットも、ほかのものを見《み》ていました。川《かわ》の中《なか》に、明《あか》るい色《いろ》のノアの箱舟《はこぶね》のようなものが見《み》えます。ハウスボートです！
「ああ、魔法《まほう》が、このままつづけばいいなあ。魔法《まほう》の力《ちから》でビーチパラソ

ルが下《お》りて、ハウスボートにちゃくりくできるといいのに」タビーが、
大声《おおごえ》でいいました。

ウォンバットは、どすんどすんと、とびはねてみました。バスケットが大《おお》きくゆれて、ビーチパラソルが、ゆらゆらと、少《すこ》し下《さ》がりました。ハウスボートが、さっきより近《ちか》くなりました。いごこちよさそうな小《ちい》さいデッキや、緑色《みどりいろ》の屋根《やね》が見《み》えてきました。ハウスボートのまわりには、さざ波《なみ》が広《ひろ》がっています。

「あんなかわいらしいハウスボートに、ちゃくりくできないなんて！」

マウスは、もう、なきそうです。

そのとき、ウォンバットが、いいことを思《おも》いつきました。コアラおばさんのスポンジケーキを、つり糸《いと》の先《さき》につけたのです。りっぱな重《おも》りができました。ウォンバットだって、いつもいつもまがぬけているわけではありません。

ビーチパラソルがハウスボートの上《うえ》に来《き》たとき、ウォンバットは、つ

り糸《いと》を長《なが》くたらしました。すると、つり糸《いと》が、デッキの手《て》すりにうまくひっかかりました。

ビーチパラソルが、ゆっくりと、しずかに、下《お》りていきます。そして、バスケットは、ふわりと、デッキにちゃくりくしました。

ウォンバットは、急《いそ》いで、ビーチパラソルをたたみました。

「ウォンバットって、何《なん》でも思《おも》いつくのね」マウスがいいました。

「世界《せかい》じゅうでいちばん頭《あたま》のいいま

ぬけだよね」タビーは、ウォンバットをぎゅっとだきしめました。

3

船《ふね》の家《いえ》

三人《さんにん》は、まず、ハウスボートの中《なか》をたんけんしました。長《なが》いあいだボブおじさんがここに来《き》ていないことが、すぐに、わかりました。いかりのくさりは、さびついています。冬《ふゆ》の高波《たかなみ》にあらわれたデッキには、しおのあとが、白《しろ》いすじになって、何《なん》本《ぼん》もついています。ビンダリー

川《がわ》は、海《うみ》にそそぐこのあたりでは海水《かいすい》がまじっているんだ、と三人《さんにん》は気《き》がつきました。

「まあ、すてき！」マウスは、鼻《はな》をピンク色《いろ》にして、うれしそうに船室《せんしつ》にかけこみました。部屋《へや》の中《なか》は、きちんとかたづいています。

　かべぎわにはベッドが二《ふた》つあって、ベッドの下《した》

は使《つか》いやすそうな物入《ものい》れになっています。ベッドの横《よこ》のかべには、丸《まる》いまどがついています。

「ぼくのベッドと、きみのベッドだよね、マウス」ウォンバットが、くすくすわらいながらいいました。

「きみたちは、病気《びょうき》のぼくを、ゆかにねかせるつもりなんだ！」タビーはなきだしました。

「そんなこと、ないわ。タビーは、すきな方《ほう》のベッドをえらんでいいのよ。ウォンバットがもう一《ひと》つのベッドでねるから、さびしくないでしょ。わたしは、どこでもねられるから」マウスが、明《あか》るい声《こえ》でいいました。

船室《せんしつ》には、さいほう箱《ばこ》がありました。ほうきやデッキブラシやボブおじさんの長《なが》ぐつが入《はい》っている戸《と》だなもあります。マウスと同《おな》じくらいの大《おお》きさのオイルランプもあります。ランプのほやはガラスでできていて、しんを上《あ》げたり下《さ》げたりするしんちゅうのねじがついています。本だなには、『キャットニップ船長《せんちょう》の航海日記《こうかいにっき》』、『金持《かねも》ちねこになるための一〇一《ひゃくいち》のちえ』、『ねこのおわらい全集《ぜんしゅう》』、『聖《せい》キャット教会《きょうかい》の六《むっ》つのひみつ』など、ボブおじさんの本《ほん》がならんでいます。マウスは、そのとなりに、『ジェニファー・マウスのぼうけん』をおきました。

調理室《ちょうりしつ》には、おいしそうなびんづめやかんづめがぎっしりつまった戸《と》だながありました。お皿《さら》やコーヒーカップ、スプーンもたくさんあります。緑色《みどりいろ》のふたのついた小《ちい》さななべが、一列《いちれつ》にならんでいます。

でも、なんといっても、料理用《りょうりよう》のストーブがさいこうでした。黒《くろ》い鉄《てつ》でできていて、うでを曲《ま》げたような、えんとつがついています。

「このかわいいストーブ、人形《にんぎょう》とかマウスにぴったりの大《おお》きさだね」ウォンバットがいいました。まきを使《つか》うストーブです。そばには、かわいた木《き》の皮《かわ》や流木《りゅうぼく》や松《まつ》ぼっくりの入《はい》った箱《はこ》がありました。松《まつ》ぼっくりのかさは、外《そと》がわにそり返《かえ》っています。

火《ひ》をおこすのがとくいなウォンバットが、ストーブの火《ひ》をおこしました。ほのおが、赤々《あかあか》ともえ上《あ》がりました。マウスは、こうふんして、ひ

げをぴくぴくふるわせています。

「さあ、何《なに》か作《つく》らなくちゃ。ホットケーキにするわ」マウスがいいました。

ウォンバットは、マウスのてつだいをしました。タビーは、ふたりを見《み》ながら、となりの部《へ》屋《や》のベッドで横《よこ》になっています。しずかな波《なみ》の音《おと》が聞《き》こえます。遠《とお》くでは、海《うみ》のザーッという音《おと》がします。上空《じょうくう》で、さびしそうな鳥《とり》の鳴《な》き声《ごえ》がしました。野《の》がもがあしのしげったぬまのねぐらに帰《かえ》っていくんだな、とタビーは思《おも》いました。

「ねえ、マウス、ぼく、もう、病気《びょうき》がなおったみたいだよ」タビーが、マウスによびかけました。

マウスは、とても幸《しあわ》せな気持《きも》ちだったので、ウォンバットをよろこばせたくなって、いいました。「今日《きょう》は、自分《じぶん》でホットケーキをやいてもいいわよ」

「ほんとにほんと？」ウォンバットがさけびました。「タビーに、すごーくすごーくとくべつなホットケーキをやいてあげるんだ。タビーの頭《あたま》くらいの大《おお》きさの四角《しかく》いホットケーキだよ。でも、やけたかどうか、どうしてわかるの、マウス？」

「あわを見《み》てればいいのよ。ぷつぷつあわが出《で》てきたら、ホットケーキをぽんとひっくり返《かえ》して、反対《はんたい》がわをやくのよ」マウスがせつめいしました。

ウォンバットは、さっきからマウスがホットケーキをやくのを見《み》ていたので、ぴかぴかのフライパンに、注意深《ちゅういぶか》くホットケーキのきじを流《なが》しこみました。きじは、ジュージューという音《おと》を立《た》て

て、広《ひろ》がりました。バターのおいしそうなにおいがします。ウォンバットは、あわが出《で》てくるのを、今《いま》か今《いま》かと待《ま》ちました。

「あっ、マウス、あわが一《ひと》つ出《で》た！　あっ、もう一《ひと》つ、すごーくすごーく大《おお》きなあわだよ。うわーっ、じゅういちひゃっこも、いっぺんに出《で》てきた！　ぼく、どうしたらいいの？」

「ひっくり返《かえ》すのよ。早《はや》くしないと、こげるわ」

マウスは、いらいらしていいました。

ウォンバットは、ホットケーキを思《おも》いきり放《ほう》り上《あ》げました。ホットケーキが、ちゅうにまい上《あ》がりました。

「ホットケーキ、いつになったら、下《お》りてくるの、マウス?」

マウスは、あちこち見回《みまわ》しました。でも、ホットケーキは、どこにもありません。

「ジェニファー・マウスだったら、こんなとき、どうするかしら」マウスは考《かんが》えました。

そのとき、タビーの苦《くる》しそうな、か細《ぼそ》い声《こえ》が聞《き》こえました。「マウス、かわいいタビーさまが、また、具合《ぐあい》が悪《わる》くなっちゃった。急《きゅう》に、頭《あたま》があつくなったんだ。火《ひ》がついたみたいだよう」

マウスは、急《いそ》いで船室《せんしつ》に行《い》きました。ウォンバットは、それどころではありません。ひっしになって、ホットケーキをさがしています。

「ぼくのホットケーキをぬすんだ、ひきょうなやつは、いったい、だれだ!」

マウスは、タビーを見《み》て、びっくりしました。ベッドの上《うえ》で、目《め》をつぶってのびています。頭《あたま》には、ホットケーキがのっているではありませんか。ホットケーキは、調理室《ちょうりしつ》からとんできて、タビーの頭《あたま》の上《うえ》にちゃくりくしたのです。マウスは、こっそりホットケーキをどけようとしたのですが、間《ま》に合《あ》いませんでした。ウォンバットに見《み》つかってしまいました。

「このどろぼうねこが、ホットケーキをぬすんだんだ。返《かえ》してよ！　もう、タビーには、すごーくすごーく四角《しかく》いホットケーキ、作《つく》ってあげないから」ウォンバットはかんかんかんです。

マウスは、いっしょうけんめい、ウォンバットとタビーをなだめて、ふたりをなかなおりさせました。ホットケーキをやき終《お》えたころには、もうくたくたでした。

日《ひ》がしずみました。空《そら》も、だんだん、夜《よる》の色《いろ》にかわってきました。そろそろ、小《ちい》さなオイルランプをつける時間《じかん》です。ランプをつけると、あたりがぽうっと明《あか》るくなり、オイルのにおいがして、ゆったりした気分《きぶん》になりました。

ウォンバットは、べ

ッドにとびこみました。もうふの中《なか》で足《あし》をごそごそ動《うご》かして、もうふのすあなを作《つく》りました。やがて、中《なか》から、楽《たの》しそうなひとりごとやくすくすわらいが聞《き》こえてきました。

マウスは、ボブおじさんのさいほう箱《ばこ》の中《なか》でねることにしました。ざんねんながら、ビッグブッシュの家《いえ》にあるような、小《ちい》さなピンク色《いろ》のベッドと、大《おお》きな耳《みみ》をのせるまくらはありません。

マウスは、さいほう箱《ばこ》の中《なか》で、しばらくもぞもぞしていましたが、毛《け》糸玉《いとだま》に頭《あたま》をのせると、ようやく落《お》ち

着《つ》きました。きれいにあらってあるボブおじさんのくつしたを、もうふの代《か》わりにしました。それから、『ジェニファー・マウスのぼうけん』のつづきを読《よ》みました。ジェニファー・マウスがゆうれいやしきに行《い》く話《はなし》は、ほんとうにこわくて、どきどきします。マウスは、テーブルの上《うえ》にランプがついていてよかった、と思《おも》いました。

「もっと読《よ》みたいけど、もう、ねることにするわ。とってもつかれてるから」

マウスは、ピンク色《いろ》の長《なが》い足《あし》の指《ゆび》を、気持《きも》ちよさそうにのばしました。そして、かたほうの足《あし》を、さいほう箱《ばこ》に入《はい》っていた指《ゆび》ぬきにつっこみました。

「あら、たいへん、どうしよう！」マウスは、小声《こごえ》でいいました。

「マウス、いつまでもひとりごとをいうのは、やめてくれよ。ねられな

いじゃないか」タビーが、ぶつぶついいました。
「わかってるわ。でもね、タビー、足《あし》が指《ゆび》ぬきにはまっちゃって、ぬけないのよ。それで……」
「マウス！」タビーは、今度《こんど》は、きっぱりいいました。「もんくをいうのは、やめてくれ！　ぼくは、病気《びょうき》なんだ。それでも、ぼくは、もんくをいわない。マウス、きみも、ぼくを見習《みなら》えよ！」
マウスは、病気《びょうき》のねこのことも少《すこ》

しは気《き》になりましたが、足《あし》を指《ゆび》ぬきからぬこうと、ひっしでした。いろいろやっているうちに、指《ゆび》を細《ほそ》く長《なが》くのばしてみると、ようやく、足《あし》がぬけました。それから、くつしたにもぐってねむろうとしましたが、どうしてもねむれません。川《かわ》の水《みず》がハウスボートに、ピチャピチャ、バシャバシャとおしよせる音《おと》が気《き》になります。マウスは、頭《あたま》の中《なか》で、低《ひく》いフエンスをとびこえるねずみの数《かず》を数《かぞ》えて、ねむろうとしました。ねずみが一《いっ》ぴき、ねずみが二《に》ひき……。

タビーは、ぐっすりねむっています。ウォンバットも、ぐっすりねむっています。

どこからともなく、ギーッ、フーッという音《おと》が聞《き》こえてきます。みちしおで、いかりのくさりが、波《なみ》にゆられて、ガチャンと大《おお》きな音《おと》を立《た》てています。

ランプのほのおが、だんだん小《ちい》さくなってきました。もうすぐ、消《き》えそうです。オイルがなくなってきたのです。

さっきとはちがう音《おと》がしました。

「わあ、こわい！」マウスのしんぞうも、ドキンドキンと音《おと》を立《た》てました。耳《みみ》は、いそがしく動《うご》きます。調理室《ちょうりしつ》の方《ほう》で、足音《あしおと》がしました。だれかが歩《ある》き回《まわ》っているようです。

「ウォンバット、起《お》きて！」マウスは、小声《こごえ》でいいました。

でも、ウォンバットは起《お》きません。大《おお》きないびきをかいてねています。

調理室《ちょうりしつ》で、だれかが、あわてて、ぱたぱた走《はし》る音《おと》がしました。それから、キーッという音《おと》がして、その後《あと》は、何《なん》の音《おと》もしなくなりました。

ジェニファー・マウスなら、きっと、ゆうきを出《だ》して、ようすを見《み》に行《い》くはずです。でも、マウスは、さいほう箱《ばこ》から走《はし》り出《で》て、ウォンバットのもうふによじ上《のぼ》り、暗《くら》がりの中《なか》で、あたたかい毛《け》でおおわれた親友《しんゆう》の顔《かお》を手《て》さぐりでさがしました。

「起《お》きて、起《お》きてよ！」マウスは、きいきい声《ごえ》でいいました。

「起《お》きてるよ」ウォンバットは、ふきげんな声《こえ》でいいました。「何《なに》か、すごーくすごーく気味《きみ》の悪《わる》いものが、ぼくの鼻《はな》の上《うえ》にのってるんだ」

「それ、わたしよ」マウスがささやきました。「それより、ウォンバット、このハウスボートにも、ジェニファー・マウスのゆうれいやしきのように、ゆうれいが出《で》るのよ」

マウスは、きみょうな音《おと》について、ウォンバットに話《はな》しました。ウォンバットは大《おお》よろこびです。

「もし、ほんとにほんとのゆうれいなら、ぼくのペットにしていい？

名前《なまえ》はゴーストにしよう。でも、ゆうれいじゃなくて、わにだとしたら……」
マウスは、わにじゃないわよ、といいました。
「じゃあ、さいかなあ。とってもちっちゃなさいを、ぼくのペットにしてもいい？　でも、わにがいちばんいいな、ほんとにほんとだよ。だって、わにだったら、タビーにかしてあげられるからね」
ウォンバットのそばにいると、とてもいい気持《きも》ちでした。ウォンバットは、まるでふかふかの毛《け》の湯《ゆ》たんぽみたいです。マウスは、ウォンバットの毛《け》にくるまって、タビーがわにをかりたいなんていうはずないわと思《おも》いながら、いつの間《ま》にか、ねむってしまいました。

朝《あさ》になって、タビーは目《め》をさましました。水《みず》にはんしゃした光《ひかり》が、かべにちらちらうつって、まるでダンスをしているようです。しおと海草《かいそう》と魚《さかな》のにおいのする海風《うみかぜ》がふいています。タビーは、デッキにとび出《だ》して、ぴょんぴょんはねまわりました。

「ぼくは、もう、なおったんだ！　いつものかっこいいタビーさまに、もどった気《き》がする！　さあ、このハウスボートで、思《おも》いっきり、楽《たの》しもう！」

すぐに、マウスも出《で》てきました。マウスは、タビーが元気《げんき》になったのを見《み》て、ほっとしました。でも、ウォンバットがいないので、マウスは心配《しんぱい》になりました。タビーといっしょにハウスボートの中《なか》をあちこちさがし回《まわ》りましたが、ウォンバットは、どこにもいません。

マウスの鼻《はな》が、青白《あおじろ》くなりました。夜中《よなか》にぱたぱた歩《ある》き回《まわ》っていたのは、いったい何《なん》だったのかしら？　あれが、ウォンバットをさらっていったのかしら？　マウスは、急《いそ》いで、きのうの夜《よる》のことを、タビーに話《はな》しました。

タビーは、ふるえ上《あ》がりました。

「えっ、何《なに》かいたって？　ぱたぱた歩《ある》

き回《まわ》ってたって？　キーッと音《おと》がしたって？　もしぼくがそいつに会《あ》ってたら、ひどいことをされたかもしれない！」

「そんなこと、心配《しんぱい》しなくてもいいわ！　それより、ウォンバットはどこにいるの？　わたし、その方《ほう》が心配《しんぱい》よ。ああ、タビー、ウォンバットは川《かわ》に落《お》ちてしまったのかしら」マウスは、なき声《ごえ》でいいました。

とつぜん、マウスは、デッキのはしの方《ほう》へ走《はし》っていきました。バチャバチャという水《みず》の音《おと》が聞《き》こえます。だれかが、くすくすわらいながら、ひとりごとをいっています。

「ウォンバットだわ！　いったい、どこに行《い》ってたの？」

ウォンバットは、ビニールボートに乗《の》って、つりをしていたのです。どうやってふくらませたのか、ぺしゃんこだったビニールボートが、いるかの形《かたち》になっていて、ほっぺたがふくらんでいて、青《あお》い目《め》とりっぱなひれがついています。

「いったい、どうやってふくらませたの？　せんがなかったのに」マウスが、感心《かんしん》して聞《き》きました。

ウォンバットは、コアラおばさんのスポンジケーキの小《ちい》さなかけらを、せんにしたのです。

「石《いし》のようにかたいケーキは、すごーくすごーく役《やく》に立《た》つよ。どうして、マウスもか

たいケーキを作《つく》らないの？　ねえ、どうして？」ウォンバットはいいました。

4　ひとりぼっちのマウス

ウォンバットは、タビーの朝《あさ》ごはんのために、魚《さかな》をつってきました。タビーは、おなかがぺこぺこにすいています。おなかがすくのは元気《げんき》になったしょうこだ、とうれしくなりました。ハウスボートでゆっくり休《やす》んだおかげです。

「この魚《さかな》、二《に》ひきはぼくの朝《あさ》ご

はん」タビーが、にこにこしていいました。「一《いっ》ぴきはウォンバットの分《ぶん》だ。でも、マウスには何《なに》もない、こまったな」

でも、ウォンバットは、いちばんの親友《しんゆう》のマウスには、マウスが大《だい》すきな物《もの》を持《も》って帰《かえ》っていました。草《くさ》のたねと水気《みずけ》たっぷりの草《くさ》のくきです。

「これをどこで見《み》つけたか、わかる、マウス？　わかりっこないよね。タビー、どこだか当《あ》ててごらん。ふたりとも当《あ》てられないよ。これはね、川《かわ》の真《ま》ん中《なか》の、ベッドくらいのちっちゃな島《しま》にあったんだ。ぼく、その島《しま》に、親友《しんゆう》のマウスの名前《なまえ》をつけたんだ。マウス島《じま》だよ」

自分《じぶん》の島《しま》が持《も》てるなんて！　マウスは、じまんしたい気持《きも》ちになりました。いつか、みんなでピクニックに行《い》きましょうね、といいました。

マウスとウォンバットは、朝《あさ》ごはんのじゅんびで大《おお》いそがしです。タビーは、舌《した》なめずりしながら、見《み》ていました。

「魚《さかな》は、ぼくの大《だい》こうぶつだ。早《はや》くしてよ」

そのとき、戸《と》だながほんの少《すこ》し開《あ》いて、白《しろ》い色《いろ》がちらっと、黒《くろ》っぽい色《いろ》がちらっと見《み》えました。気《き》がつくと、魚《さかな》が一《いっ》ぴき、なくなっています。

びっくりしたタビーは、ぱっとウォンバットにとびついて、太《ふと》い首《くび》にマフラーのようにまきつきました。

「マウスが、夜中《よなか》に、ゆうれいを見《み》たんだよ！」タビーが、ふるえながらいいました。「ゆうれいは、今《いま》、あの戸《と》だなの中《なか》にいるんだ。あいつが、ぼくをつかまえないようにしてくれよ、ウォンバット。ぼくは、か弱《よわ》いんだからね」

マウスは、わたしだってか弱《よわ》いのに、それに、体《からだ》もこんなに小《ちい》さいの

ろころあるのきうゆ。すでんかうゆはスウマ、もで。たしまい思《おも》と、に
を、ウォンバットに見《み》せなければなりません。
「ウォンバット、あなたが戸《と》だなの戸《と》を開《あ》けて。わたし、そばに立《た》って
てあげるから。こわがらないで」
「こわくなんかないよ、マウス」ウォンバットが、うれしそうに、わら
いながらいいました。「すごーくすごーく、わくわくするよ。あれが、
わにだといいな。タビーにかしてあげられるもん」
「いやだよう!」タビーは、きぜつしようとしましたが、きぜつできま
せんでした。いったい何《なん》だろうと、知《し》りたくてたまらなかったからで
す。
ウォンバットが、戸《と》だなの戸《と》を開《あ》けました。見《み》なれない生《い》き物《もの》が、よ
ちよち出《で》てきました。こわがってもいないし、おずおずしてもいませ

ん。魚《さかな》をもう一《いっ》ぴきつかむと、テーブルの下《した》へ走《はし》っていきました。そこで、魚《さかな》を食《た》べるつもりのようです。

「フェアリーだわ！」マウスがいいました。

「フェアリーって、ようせいのことだよね？」ウォンバットはわくわくしました。「マウスは、ようせいの足《あし》に水《みず》かきがあるなんて、教《おし》えてくれなかったよ。かわいいくちばしやいたずらっぽい目《め》のことも、話してくれなかった」

ウォンバットは、テーブルの下《した》をのぞきこみました。「これがようせいなんだね。わーい、すごーくすごーくうれしいな！」

「それは、ようせいなんかじゃないの。フェアリーペンギンというしゅるいのペンギンよ」マウスが教《おし》えました。

ウォンバットの首《くび》にまきついていたタビーは、あわてて、とび下《お》りました。三人《さんにん》が見《み》ている前《まえ》で、ペンギンは、魚《さかな》をあっという間《ま》に食《た》べてしまいました。タビーは、とてもこうふんしていたせいか、魚《さかな》がなくなっても、もんくをいいませんでした。ただ、にこにこしながら見《み》ています。マウスは、フェアリーペンギンなら、友《とも》だちになるのにちょうどいい大《おお》きさだと思《おも》いました。あのすてきなジェニファー・マウスにだって、フェアリーペンギンの友《とも》だちはいません。

それにしても、やっぱり、ふしぎでした。「もしかしたら、このフェアリーペン

ギンは、ボブおじさんといっしょに住《す》んでいたのかもしれない。でも、それなら、あのおじさんがフェアリーをひとりぼっちにするはずないな。たぶん、おじさんがいなくなってから、このハウスボートにやって来《き》たんだろう」タビーは思《おも》いました。
「こんなに小《ちい》さくて、すごーくすごーくかわいい子《こ》に、ぼく、はじめて会《あ》ったよ」ウォンバットがそういうのを聞《き》いて、マウスの心《こころ》はきずつきました。
「わたしだって、小《ちい》さいわ。とてもと

ても小《ちい》さいのに」マウスはつぶやきました。

でも、ウォンバットとタビーは、フェアリーにむちゅうで、マウスの声《こえ》など聞《き》こえません。ウォンバットとタビーの頭《あたま》の中《なか》は、フェアリーのことでいっぱいです。ほかのことは、何《なに》も考《かんが》えられません。フェアリーも、ウォンバットとタビーがすきになりました。タビーをすきになったのは、むねとおなかの毛《け》が自分《じぶん》と同《おな》じように白《しろ》いからです。

「それに、フェアリーがウォンバットをすきになるのは、あたりまえだわ。だれだって、ウォンバットをすきにならずにはいられないもの」マウスは思《おも》いました。

フェアリーは、とてもきれいでした。マウスより少《すこ》しせが高《たか》く、タビーよりはずっと低《ひく》くて、こん色《いろ》の羽《はね》は、まるでペンキをぬったようにつやつやしていました。あひるのような足《あし》と、かしこそうな丸《まる》い目《め》。こうふんすると、ガアガア鳴《な》きます。マウスは、フェアリーと友《とも》だちになりたかったのですが、フェアリーの方《ほう》は、マウスのいることさえ気《き》がついていません。うっかり、マウスをふみつけたこともあります。マウスは、けがはしませんでしたが、このあわてもののペンギンにだれも何《なに》もいわなかったので、はらが立《た》ちました。でも、そんなことは、あまり気《き》にしないことにしました。

「くよくよしても、しかたがないわ」マウスはいいました。それから、きびきびとつけくわえました。「さあ、みんな、はたらきましょう！」

「フェアリーがわにじゃなくて、よかった。さいでもなくて、よかったな。ほんとにほんとだよ」ウォンバットはうれしそうです。

「ねえ、ウォンバット！　ねえ、タビー！　みんなではたらけば、仕事《しごと》はらくになるものよ」マウスがいいました。

「フェアリーは、ぼくのものだ。ぼくが、フェアリーのおじさんになる」タビーが、やさしい声《こえ》でいいました。

ウォンバットは、フェアリーをむねにだきしめて、タビーをにらみつけました。「きみがタビーおじさんなら、ぼくはウォンバットおばさんだ。そしたら、フェアリーは、ぼくのこと、いちばんすきになるよ」

「あーあ、いやだわ！」マウス

は、ふきげんな顔《かお》をして、ひとりでお皿《さら》をあらい始《はじ》めました。でも、心《こころ》のやさしいマウスは、やがて、こんなひとりごとをいいました。「大《だい》すきな友《とも》だちがとても楽《たの》しそうにしてるのをよろこべないなんて、わたしは、なんて心《こころ》がせまいんでしょう」

フェアリーはとてもいたずらずきで、まわりではいつも大《おお》さわぎが起《お》こります。小麦粉《こむぎこ》の入《はい》ったかんをひっくり返《かえ》したり、タビーのしっぽを引《ひ》っぱったり、マウスの赤《あか》い長《なが》ぐつをこっそりぬすみ出《だ》して、どこかにかくしたりしました。バターをつついて大《おお》きなあなをあけてみたり、ウォンバットのひげをぎゅっと引《ひ》っぱったり、コンデンスミルクのかんをひっくり返《かえ》して、こぼれたミルクの中《なか》をわざわざ歩《ある》いたりしました。

それでも、タビーとウォンバットは、フェアリーが何《なに》をしてもかわいい、と思《おも》いました。ゆかのミルクをふきとり、フェアリーの足《あし》をあらってから、いっしょにかくれんぼをして遊《あそ》ぶことにしました。

「かくれんぼなら、わたしも入《い》れて！　かくれるのは、とってもとくいだから」マウスがいいました。「だって、わたし、こんなに小《ちい》さいんですもの。ねえ、タビーもウォンバットも、ちゃんと聞《き》いてるの？　聞《き》いてないのね！　あーあ、もう、いや！」

マウスは、ぷんぷんおこりながら、さいほう箱《ばこ》に入《い》ると、『ジェニファー・マウスのぼうけん』を読《よ》み始《はじ》めました。「タビーもウォンバットも、ほんとにひどいわ！」

マウスは、まだ、おこっています。

ウォンバットとタビーがいいあらそっている声《こえ》が聞《き》こえてきました。おにになったタビーが数《かず》を数《かぞ》えるときごまかしたので、けんかになったのです。ボブおじさんのほうきや長《なが》ぐつが入っている戸《と》だなの中《なか》から、ものすごいうなり声《ごえ》と、ドンドンと足《あし》でける音《おと》がします。タビーが、ウォンバットをとじこめたにちがいありません。

マウスは、本《ほん》をわきにおいて、めがねをみがきました。こんなさわぎは、もう、たくさんでした。

「タビー、ずるいわ。一《いち》、五《ご》、十《じゅう》、十五《じゅうご》って、数《かぞ》えたでしょう。わたし、ちゃんと聞《き》いてたんだから。でも、せっかくみんなで遊《あそ》びに来《き》たのに、けんかするのは、もう、やめて！　おべんとうを持《も》って、マウス島《じま》へピクニックに行《い》きましょうよ！」

「ウォンバットは出《で》られない！　やーい、ウォンバットは出《で》られない！」タビーがからかいました。

「ねえ、タビー、聞《き》いて！　川《かわ》の真《ま》ん中《なか》に島《しま》があって、それも、ベッドくらいの大《おお》きさなのよ！」

そのとき、戸《と》だなの戸《と》が急《きゅう》に開《ひら》きました。ウォンバットが転《ころ》がり出《で》てきたかと思《おも》うと、タビーの上《うえ》にどすんと乗《の》りました。フェアリーは、戸《と》だなにかけこんで、ボブおじさんの長《なが》ぐつの中《なか》にかくれました。

「こんなすごーくすごーくずるいねこなんか、本《ほん》のしおりみたいにぺしゃんこにしてやるんだ！」ウォンバットがわめきました。

「いいわよ、みんなが行《い》かないなら、わたし、ひとりでピクニックに行《い》くわ！」マウスがどなりました。でも、小《ちい》さなマウスのどなり声《ごえ》は、だれにも聞《き》こえません。マウスは、ゆかをふみ鳴《な》らしながら調理室《ちょうりしつ》に行《い》くと、おべんとうを作《つく》りました。

「フェアリーが来《き》てから、あのふたりは、どうかしてる。せっかくみんなで遊《あそ》びに来《き》たのに、何《なに》もかもめちゃくちゃだわ！」

いるかのビニールボートは、マウスには大《おお》きすぎました。そこで、マウスは、ボブおじさんのプラスチックのせっけん入《い》れをボートの代《か》わりにして、プラスチックのスプーンでこぐことにしました。

「わたしがいなくなったら、ウォンバットとタビーはさびしがるわ」マウスは、今《いま》にも、なきそうです。

　せっけん入《い》れのボートに乗《の》ると、マウスは、とうとう、声《こえ》を上《あ》げてなきだしてしまいました。なみだでめがねがくもって、よく見《み》えません。ハウスボートのあたりは晴《は》れているのに遠《とお》くの方《ほう》がきりでかすんでいることに、気《き》がつきませんでした。

　せっけん入《い》れのボートは、きらきら光《ひか》るさざ波《なみ》の上《うえ》で、しずかにゆれています。マウスにぴったりの、かわいいボートです。

「さようなら！」マウスは、大声《おおごえ》でいいました。もちろん、タビーとウオンバットには聞《き》こえません。でも、フェアリーが、デッキのはしまで

ちょこちょこ走《はし》ってきて、マウスをじっと見《み》ました。もしマウスがれいぎ正《ただ》しいねずみでなかったら、フェアリーをこわい顔《かお》でにらみつけたかもしれません。

「いいわよ！　わたしひとりで楽《たの》しいピクニックに行《い》くから」マウスは、フェアリーにいいました。「マウス島《じま》にじょうりくして、すなの上《うえ》にわたしの名前《なまえ》を書《か》いて、それから、ジェニファー・マウスみたいにぼうけんをするわ。それから……それから……」

その後《あと》、めがねがすっかりくもってしまって、マウスは、何《なに》も見《み》えなくなりました。

せっけん入《い》れのボートは、どんどん川《かわ》を下《くだ》っていきます。

「なんてわくわくするんでしょう！　とっても楽《たの》しいわ！」でも、マウスの声《こえ》はふるえています。

マウスは、ほおをそっとふきました。それから、鼻《はな》もかみました。

「そうだ、歌《うた》を歌《うた》おう、元気《げんき》が出《で》るかもしれないから」

♪　ゆめは船乗《ふなの》り　あら波《なみ》こえて
七《なな》つの海《うみ》を乗《の》り回《まわ》そう
いっぱい食《た》べるよ　魚《さかな》とポテト　♪

歌《うた》ってみましたが、やっぱり、元気《げんき》が出《で》ません。マウスは、なきじゃくりながらいいました。

「ちがう、ちがうわ。ほんとは、わたし、ウォンバットといっしょにいたいのよ。今《いま》すぐハウスボートにもどって、ウォンバットにそういうわ」

でも、ハウスボートは、いったい、どこにあ

るのでしょう。マウスには、ハウスボートも川岸《かわぎし》も見《み》えません。きりが、お日《ひ》さまをかくし、川《かわ》の上《うえ》にも立《た》ちこめてきました。あたり一面《いちめん》、しめっぽいきりがうずをまいています。せっけん入《い》れのボートのまわりでは、まだ、川《かわ》の水《みず》がところどころ光《ひか》っていましたが、それも、すぐ、消《き》えてしまいました。もう、お日《ひ》さまも空《そら》も見《み》えません。はい色《いろ》

のきりの中《なか》で、マウスはひとりぼっちでした。

「たいへん！」マウスは、めがねをふいてかけなおすと、プラスチックのスプーンを取《と》り上《あ》げました。

「ジェニファー・マウスもわたしも、きりなんかにまけないわ！ハウスボートは、あっ

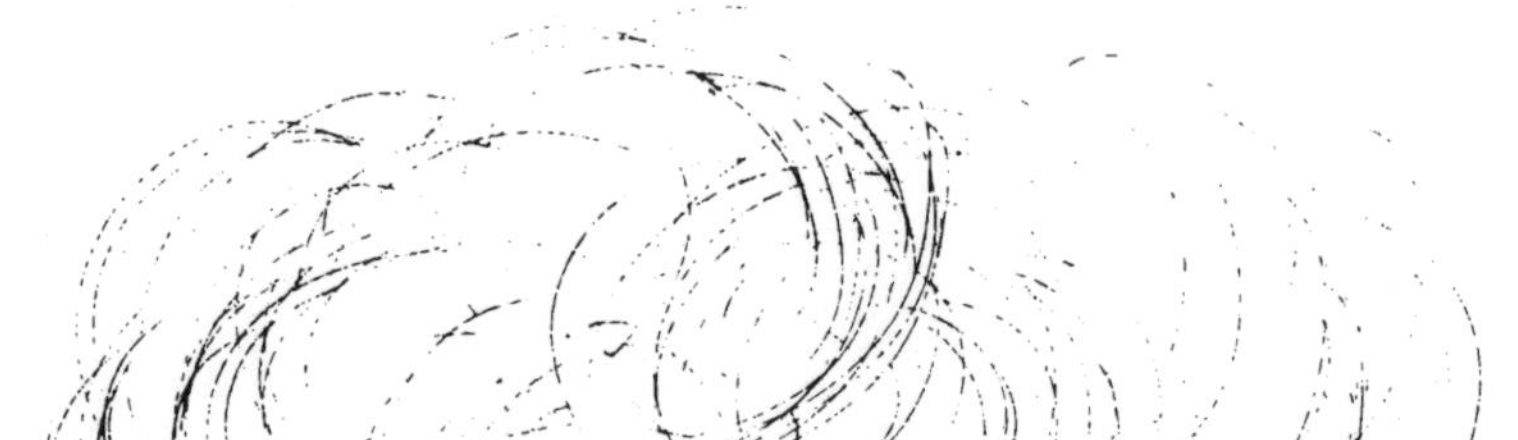

ちの方《ほう》にあるはずよ。あっという間《ま》に着《つ》くわよ」

マウスは、元気《げんき》よくこぎだしました。そして、こいで、こいで、こぎつづけました。とつぜん、ボートが何《なに》かにぶつかりました。

5　フェアリーのおてがら

せっけん入《い》れのボートがきりの中《なか》で何《なに》かにゴツンとぶつかったとき、マウスは、じまんそうにいいました。

「ほらね！　こっちへこいでくればハウスボートにもどれるって、ちゃんとわかってたのよ」

マウスは、元気《げんき》になりました。ゆうきが出《で》て、どんなぼうけんもできそうな気《き》がします。でも、つぎのしゅんかん、ガリガリとじゃりがこすれる音《おと》がしました。草《くさ》のくきがぼんやりと見《み》えて、まるで、ゆがんだフエンスのようです。ちょうちょうが、きりにぬれて、葉《は》っぱにしがみついています。マウスは、まちがった方向《ほうこう》に来《き》てしまって、マウス島《じま》に着《つ》いたのでした。

「かまわないわ！」マウスは、そういって、ピクニックのおべんとうを持《も》つと、ボートからぴょんととび下《お》りました。でも、それがいけなかったのです。とび下《お》りたはずみで、せっけん入《い》れのボートは、岸《きし》からはなれて、川《かわ》を下《くだ》っていってしまいました。

「帰《かえ》れなくなっちゃった！」マウスはいいました。「でも、気《き》にしないわ。おべんとうを食《た》べて、ジェニファー・マウスごっこをすることにしましょう。もしだ

れも助《たす》けに来《き》てくれなかったら、この島《しま》でくらして、ロビンソン・クルーマウスになるの。おうむの代《か》わりに、ちょうちょうをペットにするわ」

そのころ、ハウスボートでは、ウォンバットがタビーをこまらせていました。まず、本《ほん》のしおりみたいに、タビーをぺしゃんこにしました。つぎに、もとの形《かたち》にもどそうと、もみくちゃにしました。ぺしゃんこも、もみくちゃも、どっちも大《だい》めいわくだ、とタビーはおこりました。

そのとき、フェアリーが、よちよち歩《ある》いてきて、ウォンバットの足《あし》をつつきました。タビーは大《おお》よろこびです。「見《み》てごらん！　きみがこのかっこいいタビーさまにひどいことをするから、フェアリーがつつくんだ。ぼくにちゅうじつな、かわいいやつだよ。あっ、いたい！」

「あれっ、フェアリーは、きみのこともつついてるよ」ウォンバットが、ふしぎそうにいいました。

「そのうち、ぼくたちの足《あし》にあながあいて、ぬわなくちゃならないよ。すごーくすごーく、いやだなあ。マウスに、このこと、話《はな》そうっと」

マウスの名前《なまえ》が出《で》たとたん、フエアリーは、こうふんしてさわぎたてました。外《そと》にとび出《だ》して、デッキの方《ほう》へ走《はし》っていきます。フェアリーは、いったい、どうしたんだろう。タビーとウォンバットは、後《あと》につづきました。すると、フェアリーが、ふたりに向《む》かって、心配《しんぱい》そう

に鳴《な》き声《ごえ》を上《あ》げました。そして、デッキから川《かわ》にとびこむと、泳《およ》いでいってしまいました。

ウォンバットは、カーディガンのいちばん上《うえ》のボタンのあたりで、むねがいたいような気《き》がしました。ぼくは何《なに》かまぬけなことをしてしまったみたいだけど、何《なん》だったのかなあ。ウォンバットは、みじめな気持《きも》ちになりました。でも、タビーは、すぐに気《き》がつきました。

「そういえば、ずいぶん長《なが》いあいだ、マウスのすがたが見《み》えないな」タビーはいいました。ふたりで、さがせる場所《ばしょ》は全部《ぜんぶ》、さがしました。でも、もちろん、マウスはどこにもいません。

「マウスが、どこかへ行《い》っちゃった！」タビーは、わっとなきだしてデッキにたおれこむと、細《ほそ》い足《あし》をばたばたさせました。

「マウスは、ピクニックのことを何《なに》か話《はな》そうとしていたのに、ぼくは聞《き》こうとしなかった。フェアリーと遊《あそ》ぶのにむちゅうだったんだ。マウスが鼻《はな》を赤《あか》くしておこっていたのに、ぼくは聞《き》いてあげなかった」ウォンバットは、マウスの鼻《はな》のことを思《おも》い出《だ》して、悲《かな》しそうにいいました。

ちょうどそのとき、きりの中《なか》を低《ひく》い波《なみ》がゆっくりよせてきて、デッキに水《みず》しぶきが上《あ》がりました。その波《なみ》にかるがると乗《の》って、フェアリーがあらわれました。首《くび》のまわりに、何《なに》かぬれたピンク色《いろ》のものがまきついています。

「あ、みみずがくっついてる！」ウォンバットがいいました。

「あれは、マウスのリボンだよ、まぬけだなあ」タビーが、大声《おおごえ》でいいました。「わからないのかい？　マウスは、ひとりでピクニックに行《い》ったんだ。フェアリーがマウスを見《み》つけたのさ。マウスは、このリボンで、自分《じぶん》のことを知《し》らせようとしてるんだ。頭《あたま》のいいタビーさまにね」

ぼくにだって知《し》らせようとしてるんだ、とウォンバットは思《おも》いました。でも、タビーは、えらそうな口調《くちょう》でつづけました。

「きみは頭《あたま》を使《つか》わなくていいよ、ウォンバット。すでに、計画《けいかく》はできている。タビー船長《せんちょう》に、すべて、まかせなさい！　ビニールボートに乗《の》っていって、マウスをきゅうじょするんだ。さあ、ウォンバット、ビニールボートをふくらませてくれ。空気《くうき》がぬけて、ふにゃふにゃだろ？」

ウォンバットは、いっしょうけんめい、ビニールボートに息《いき》をふきこみました。ウォンバットは、いつでも、息《いき》をたくさんふきこむことができます。いるかのビニールボートは、どんどんふくらんで、サッカーボールのように丸《まる》くなりました。タビーは、コアラおばさんの石《いし》のようにかたいスポンジケーキを、せんにしました。でも、ビニールボートに空気《くうき》が入《はい》りすぎていたので、せんは、ポンとはじかれて、デッキの外《そと》へとんでいきました。ビニールボートは、シューッと音《おと》を立《た》てて、あっという間《ま》に、ドアマットのように平《たい》らになってしまいました。

「なんてことするんだ、ウォンバット！」タビーが、金切《かなき》り声《ごえ》を上《あ》げました。「せんがなくなっちゃった！　これじゃあ、マウスを助《たす》けられないよ」

「ビーチパラソルでとんでいけるよ！　そうだよね？　さあ、行《い》こうよ、タビー」ウォンバットがいいました。

ウォンバットは、急《いそ》いで大《おお》きな赤《あか》いビーチパラソルを開《ひら》くと、タビーといっしょに、取《と》っ手《て》にしっかりとつかまりました。ウォンバットは、ビーチパラソルがふわりとまい上《あ》がるだろうと思《おも》って、何度《なんど》もジャンプをしました。でも、だめでした。風《かぜ》が、ぜんぜんなかったのです。

「むだだよ。こんなビーチパラソルなんか、とじちゃえよ！」タビーが、なき声《ごえ》でいいました。

ウォンバットは、タビーにもんくをいわれないように、ビーチパラソルをすばやくとじました。ところが、何《なん》ということでしょう。まだ、中《なか》にタビーがいたのです。ビーチパラソルは、デッキの上《うえ》をよろよろと歩《ある》

いて、ばたんとたおれました。中《なか》から、はい色《いろ》の細《ほそ》い足《あし》が二本《にほん》と、はげしく動《うご》くしっぽがつき出《で》ています。

「ぼく、そんなつもりじゃなかったんだ、タビー」ウォンバットがいいました。「でも、どうしても、マウスを助《たす》けたいんだ。タビー、きみは頭《あたま》がいいんだから、どうしたらいいか教《おし》えてよ」

タビーは、ビーチパラソルから体《からだ》をくねらせて出《で》てきました。ウ

オンバットにもんくをいうのもわすれて、よろこんでとび上《あ》がりました。とてもいい考《かんが》えを思《おも》いついたのです。

「ぼくたち、ハウスボートの上《うえ》にいるんだよね」タビーが話《はな》しだしました。「ハウスボートって、ボートの上《うえ》の家《いえ》だと思《おも》ってたけど、ほんとは、上《うえ》に家《いえ》がのってるボートなんだ！　ボートなら、動《うご》くはずだ。川《かわ》を下《くだ》って、ゆくえふめいのマウスを助《たす》けに行《い》けるよ」

タビーはすごい、とウォンバットは思《おも》いました。でも、まず、船《ふね》のいかりを引《ひ》き上《あ》げなければなりません。タビーが指図《さしず》して、ウォンバットがいっしょうけんめい引《ひ》っぱりました。やっと、さびたいかりが、すがたをあらわしました。どろだらけで、草《くさ》がからみついています。ハウスボートは、木《こ》の葉《は》か小《こ》えだのように、ゆっくりと水《みず》の流《なが》れに乗《の》りました。フェアリーは、こうふんして、つばさをぱたぱた動《うご》かしたり、水《みず》か

きのある足《あし》でゆかをとんとんふみならしたりしました。
「では、タビー船長《せんちょう》がかじを取《と》る！」
タビーが、いばっていいました。でも、かじを動《うご》かすハンドルは、ずいぶん長《なが》いあいだ使《つか》われていなかったので、さびてかたくなっていました。どうしても動《うご》かすことができません。ウオンバットがやってみても、だめでした。
ハウスボートは、同《おな》じ所《ところ》をぐるぐると回《まわ》りつづけています。タビーは、目《め》が回りそうでしたが、何とかしてハンドルを動かそうと、がんばっています。

「ほを立《た》てると、いいかもしれないよ、タビー」ウォンバットがいいました。「どこかに、ほがあればいいね」

「そんなもの、あるはずないだろ！」タビーがどなりました。「ウォンバットは、何《なん》にもわかってないんだ。せんをなくしたのは、だれだ？船長《せんちょう》をビーチパラソルにとじこめたのは、だれなんだ？」

タビーは、心配《しんぱい》になってきました。もしも、ハウスボートが、このままビンダリー川《かわ》をどんどん流《なが》されていって、海《うみ》に出《で》てしまったら、どうするんだ？　もしそうなったら、ビッグブッシュのみんなは、こんなふうにいうに決《き》まってる。「ねえ、ねえ、コアラおばさん、マウスとウォンバットといっしょに住《す》んでた、あのかっこいいタビーがどうなったか、知《し》ってる？　タビーは、海《うみ》に流《なが》されて、くじらに食《た》べられちゃったんだよ」タビーは、とうとう、大声《おおごえ》でなきだしました。

ウォンバットは、空《そら》を見上《みあ》げていました。ずっと上《うえ》の方《ほう》に、きりにかすんで、たんぽぽのような黄色《きいろ》い丸《まる》いものが見《み》えます。太陽《たいよう》です。風《かぜ》がかすかにふいて、そっとウォンバットのひげにふれました。そろそろ、きりが晴《は》れてきそうです。

「ぼくのマウスをさがしに行《い》かなくちゃ。ぜったい、行《い》くんだ！」ウォンバットはいいました。

ハウスボートには船《ふね》のほにするようなものは何《なに》もなかったので、ウォンバットはビーチパラソルを開《ひら》いて、あっちに向《む》けたりこっちに向《む》けたりしました。赤《あか》いポンポンかざりが、風《かぜ》にゆれています。そのとき、急《きゅう》に、強《つよ》い風《かぜ》がふいてきました。ビーチパラソルがとんでいってしまいそ

うだったので、ウォンバットは、ひっしになってつかまえました。風《かぜ》を受《う》けたビーチパラソルは、りっぱなほになりました。ハウスボートは回《まわ》るのをやめて、ゆっくりと川《かわ》を下《くだ》り始《はじ》めました。

「どうして、ビー

チパラソルを使《つか》うことを、ぼくが思《おも》いつかなかったんだろう」タビーが、くやしそうにいいました。「頭《あたま》のいいタビーさまだったら、とうぜん思《おも》いつくはずなのに！」

　そのころ、マウスは、マウス島《じま》にあきあきしていました。島《しま》じゆう歩《ある》き回《まわ》っても、草《くさ》や石《いし》のほかには何《なに》もありません。マウスは、おべんとうをつつんできた紙《かみ》を頭《あたま》にかぶって、石《いし》の上《うえ》にすわりました。

「ロビンソン・クルーソーはいいわよね、話《はな》し相手《あいて》のおうむがいたんだもの。ここにはちょうちょうがいるけど、おしゃべりの相手《あいて》はむりだし。フェアリーと友《とも》だちになれて、ほんとによかった。無人島《むじんとう》でひとりぼっちのとき、泳《およ》げる友《とも》だちがいるのって、とってもこころ強《づよ》いわ。フェアリーは、だれかをつれてもどってきてくれるかしら」

でも、ジェニファー・マウスだったら、こんなふうに紙《かみ》をかぶってすわっていたりしないで、きっと、何《なに》かおもしろ

いことをするだろう、とマウスは思《おも》いました。運《うん》よく、まだ、プラスチックのスプーンがあります。マウスは、ボートの代《か》わりになるものはないかと、あたりを見回《みまわ》しました。

やがて、マウスは、ふちがくるっとまき上《あ》がった大《おお》きな黄色《きいろ》の葉《は》っぱのボートをスプーンでこいで、波《なみ》の上《うえ》に乗《の》り出《だ》しました。

♪ ゆめは船乗《ふなの》り　あら波《なみ》こえて
七《なな》つの海《うみ》を乗《の》り回《まわ》そう
いっぱい食《た》べるよ　魚《さかな》とポテト ♪

きりが、だんだんうすくなって、まもなく、消《き》えていきました。見《み》ると、ハウスボートが近《ちか》づいてきます。

「あら、タビーとウォンバットだわ。わたしをきゅうじょできなかったら、きっと、がっかりするわね。すぐに、島《しま》にもどらなくちゃ」

マウスが島《しま》にもどるのとほとんど同時《どうじ》に、ハウスボートが、川《かわ》ぞこのじゃりをガリガリこすりながら、とうちゃくしました。ウォンバットは、マウスをすくい上《あ》げようと、ぼうしを両手《りょうて》で持《も》っています。

「かわいそうなマウス！　そうなんしたんだね」タビーがいいました。

マウスは、そうなんしたんじゃない、ゆうかんなジェニファー・マウスになってぼうけんを楽《たの》しんでいた、と話《はな》そうと思《おも》いました。でも、すぐに、思《おも》い直《なお》しました。今《いま》はやめておこう。せっかく、ふたりが、わたしをきゅうじょできてよろこんでいるんだから。

「ウォンバットのおかげだよ」タビーがいいました。「ビーチパラソルを使《つか》うことを思《おも》いついてくれなかったら、ハウスボートはそうじゅうできなかったし、今《いま》ごろ、ぼくたち、川《かわ》をずーっと下《くだ》っていたかもしれないんだ」

「まあ、川《かわ》を下《くだ》るなんて、すてき。行《い》きましょうよ」マウスがいいました。

タビーは、川《かわ》を下《くだ》るなんてきけんなのにと思《おも》いましたが、ウォンバットは、大《おお》よろこびでさか立《だ》ちしています。

フェアリーは、ガアガア鳴《な》きながら、マウスの耳《みみ》をそっと引《ひ》っぱりました。そして、よちよち歩《ある》いていったかと思《おも》うと、マウスの赤《あか》い長《なが》ぐつを持《も》ってもどってきました。

「わかった！」タビーは、ちょっとやきもちをやいていいました。「今度《こんど》は、マウスが、フェアリーのお気《き》に入《い》りなんだね」

「川《かわ》をずっと下《くだ》った、海《うみ》に近《ちか》いところに、ペンギンの島《しま》があるのよ」マウスがせつめいしました。「フェアリーは、そこから来《き》たの。あらしでとばされてきたんですって」

「どうしてわかったの、すごーくすごーくかしこいマウス」

「もちろん、フェアリーが話《はな》してくれたからよ。ねずみには、ペンギンのことばがわかるの」

「ねこには、わからないよ」タビーは、少《すこ》し悲《かな》しくなりましたが、元気《げんき》を出《だ》していいました。「でも、タビー船長《せんちょう》がフェアリーを家族《かぞく》や友《とも》だちのところにつれて帰《かえ》ってあげるっていったら、フェアリーはよろこぶよね。ゆうかんなタビー船長《せんちょう》にまかせてくれ！」

さっそく、タビーは、かじを取《と》りました。ウォンバットも、大《おお》きなビーチパラソルをあっちに向《む》けたりこっちに向《む》けたりして、ハウスボートがタビー船長《せんちょう》の行《い》きたい方向《ほうこう》に進《すす》むように、手《て》つだいました。

フェアリーの家族《かぞく》や友《とも》だちは、ウォンバットとタビーとマウスを大《だい》かんげいしてくれました。ウォンバットは、自分《じぶん》がペンギンになったような気《き》がしたくらいです。もちろん、とても大《おお》きなペンギンですが。

「ぼくたち、みんな、きょうだいみたいだね。ほんとにほんとだよ」ウォンバットがいいました。

それから、しばらくして、ボブおじさんが、水上《すいじょう》ひこうきでむかえに来《き》てくれました。

おじさんは、三人《さんにん》はもちろんのこと、ビーチパラソルやピクニックバスケットも、ひこうきに乗《の》せて、はるばるビッグブッシュまで運《はこ》んでくれました。水上《すいじょう》ひこうきなので、すいれんのぬまにちゃくりくしました。とちゅう、ひこうきは、コアラおばさ

ん の家《いえ》のまわりを、せんかいしました。おばさんは、ひどくおこって、また、かたいスポンジケーキを投《な》げつけてきました。ボブおじさんは、あのケーキは、いつか岩《いわ》や石《いし》の庭園《ていえん》を作《つく》るとしたら、そこにぴったりだな、といいました。

「家《いえ》に帰《かえ》ったら、みんなに、ちゃんとしたケーキをやいてあげるわ。ボブおじさんに、わたしのうでまえを見《み》てもらいたいの」マウスがいいました。

●作者・訳者紹介

ルース・パーク

オーストラリア・シドニー在住。子ども向け・大人向けの小説家、ジャーナリストであり、多数の著作がある。代表作のウォンバットシリーズは、ＡＢＣ放送のラジオ番組で十七年にわたって放送され人気をはくした。一九八一年オーストラリア児童図書委員会ブック・オブ・ザ・イヤー賞、一九八二年グローブ・ホーン・ブック賞など数々の賞を受賞。オーストラリアの児童文学界では欠くことのできない存在である。

加島《かしま》 葵《あおい》

お茶の水女子大学卒業。翻訳家。訳書に、ルース・パーク『魔少女ビーティ・ボウ』『キャリーのお城』（以上新読書社）、ディズニー・クラシック・シリーズ『ふしぎの国のアリス』『バンビ』（以上中央公論社）、セルビー・シリーズ全四冊、魔女のウィニー・シリーズ全二冊、『紙ぶくろの王女さま』（以上カワイ出版）、ゆかいなウォンバットシリーズ、『こども地球白書』（以上朔北社）、他多数がある。

ウォンバットとふねのいえ

2003年3月31日　第1刷発行 ©

作　ルース・パーク　　　絵　ノエラ・ヤング

訳　加島《かしま》 葵《あおい》　Translation© 2003 Aoi Kashima

装幀　Harilon Design　　表紙画　木村光宏

発行者　宮本 功

発行所　株式会社 朔北社《さくほくしゃ》

〒157-0061　東京都世田谷区北烏山1-8-2 ＮＴＫビル

Tel 03-5384-0701　Fax 03-5384-0710

振替00140-4-567316　http://www.sakuhokusha.co.jp

印刷・製本　株式会社シナノ

落丁・乱丁本は取替えいたします

Printed in Japan　ISBN4-931284-97-3　C8397

●朔北社の児童書

ゆかいなウォンバットシリーズ　小学校低学年から

ルース・パーク作／加島　葵訳／A5判／定価　本体一〇〇〇円＋税

まぬけなウォンバットとしっかり者のねずみのマウス、気どりやのねこのタビーは大のなかよし。オーストラリアで子どもたちの絶大な支持を得たゆかいなウォンバットシリーズ。

第Ⅰ期全4巻

ウォンバットとゆかいななかま
ウォンバット　がっこうへいく
ウォンバット　うみへいく
ウォンバットときのうえのいえ

第Ⅱ期全4巻

ウォンバットと春のまほう
ウォンバット　雨の日のぼうけん
ウォンバット　スキーにいく
ウォンバットとふねのいえ